KB193577

시간여행

수우당 풀잎시선 02
시간여행

초판발행일 | 2024년 10월 10일

지은이 | 김정희
펴낸이 | 서정모
펴낸곳 | 도서출판 수우당
주 소 | 51516 창원시 성산구 외동반림로 126번길 50
전 화 | 055-263-7365
팩 스 | 055-283-8365
이메일 | dlp1482@hanmail.net
출판등록 | 제567-2018-7호(2018.2.12)

ISBN 979-11-91906-35-6-03810

값 12,000원

＊이 시집은 거제시문화예술지원사업「Art for you」에서 제작비를 지원 받았습니다.

수우당 풀잎시선 02

시간여행

김정희 시집

수우당

거제 문화예술계와 30여 년 동고동락을 하면서 여러 곳에 기고했던 글을 정리하여 얼마 전 수필집 〈거리에 아버지가 펄럭인다〉를 발간하였습니다. 거제시문화예술재단 경영지원부장으로 정년을 맞기까지 접했던 많은 공연물과 거제예술인, 그리고 국립묘지에 잠드신 아버지를 그리는 내용이었습니다.

오래전부터 시에 관심을 둔 이래 거제시문학회 등에서 꾸준히 작품활동을 하였고 제법 시간이 흘렀습니다. 와중에 거제문협 회장직을 마치고 몇 해 전부터 청마기념관에 재직을 해오면서 그동안 틈틈이 썼던 시편들을 정리하여 첫 번째 시집을 내게 되었습니다.

제1부와 2부는 저자의 생각을 중심으로, 제3부와 4부는 수필집의 공연물을 중심으로 나누어 엮었습니다.

문학활동을 늘 성원해 주는 가족에 감사하며, 졸고에 대한 작품 해설을 맡아주신 고영조 교수님께 깊은 감사의 인사를 올립니다.

고맙습니다.

2024년 가을

청마기념관에서 저자

| 차 례 |

작가의 말

제1부 청춘 소야곡

제2 어머니의 부엌

제3부 별 헤는 밤

제4부 피카소를 닮은 발

제 1 부

청춘 소야곡

경주에서

히말라야와 티베트 설산을 넘어
서라벌에 둥지를 튼 갠지스의 강바람
봉덕사 새벽종이 황성을 깨우면
토함산을 울리는 딱따구리 망치 소리
부리가 닳고 새로 돋기를 수백 번
그 끝에 빛으로 나투는 영겁의 미소

비우고자 엎드려 받든 두 손에
천근의 무게로 내려앉는 어제
나 얼마나 더 비우고 가벼워져야
침묵의 사위를 살며시 저미고
어둠의 경계를 태우는 등불이 될까

흔들리는 발걸음 산문을 벗어날 때
눌러쓴 마스크 사이로 스며드는
포석정을 흐르던 그윽한 법주 향기

장터 아낙

떫고 시고 작고 흠집 난 열매들을
광주리에 이고 나간 십 리 길 장터
못나고 제철 지난 것들이라며
외면하는 손길을 애써 붙잡고

시고 떫고 쓴 것이 몸에도 좋고
맛있는 건 벌레가 먼저 맛을 살짝 본다며
떠안기듯 애원하는 장터 아낙네

뿌리치고 사라지는 옷깃 사이로
올망졸망 기다릴 가녀린 눈동자
뙤약볕 가린 광주리 무명천에
서투른 글씨체의 거제문학전집

서러움 감추며 돌아서는 신작로길
백 권 백 권 울어대는 소쩍새 소리
초승달도 안쓰럽게 내려 보고 있습니다

찔레꽃 연가

장미 뒤에 숨은 찔레꽃에서
주름 가득 잡힌 얼굴을 보고
하늘 가는 길
상여에 누워 앞소리를 듣는

꽃구경 가는 길에서
노모의 솔잎이 바늘처럼 찌를 때
나는 죽음을 노래하는 시인
친근한 미소로 다가오는 죽음은
어느덧 일상이 되고

죽음을 모르고 어찌 삶을 노래하랴

죽음과 삶이 교차하는 무대 위
내일의 수의가 될 하얀 모시 적삼에
절절히 토해내는 소리꾼 장사익의
붉디붉은 피 울음

서편제

심해어처럼 깊은 소리의 세상에서
굳이 눈은 필요치 않으리니
탕약으로 진화의 시간을 압축하고
득음의 늪에 빠진 해맑던 눈동자여

한이란
가슴 깊이 팬 상처에서
진주처럼 혹은 소나무의 옹이처럼
끝없이 피를 토해내는 일이거니

오로지 소리만으로
천년을 이어가는 외딴 오솔길
남도 바다보다 더 깊고 푸른
여린 소리꾼의 슬픈 넋일레라

풍산개 가족

불한당 장비와 현모 영심이
부부 사이에 태어난 딸 풍지
풍산개 가족이
둔덕골 농가에 자리를 잡았습니다

배고파도 자식 먼저 챙기는 어미 영심이
처자 밥도 넘보는 불감당 애비 장비
딸에게 덤벼드는 문란한 애비를
사정없이 물고 뜯고 응징하던 어미

고라니 물어 오던 용맹도 사라지고
고령에 병들어 기력이 다한 몸
애타게 기다리던 주인 목소리 들으며
숨을 거둔 어미 영심이, 그리고 딸 풍지
홀아비로 마지막을 지키다 간 장비
가족처럼 살다 떠난 세 생명

윤회의 넋이 있어 다시 만나는 날
좋은 인연 만나서 행복했었노라고

반갑게 인사할 그날을 기다립니다

도시의 아침

매서운 겨울바람은 얇은 옷깃 사이로
파고들어 추위를 녹이려 들고
돋은 닭살과 오그라든 열 손가락의
감각은 점점 무디어지는데 저만치 동트는
여명에 아침을 맞으려 재잘거림으로
기지개를 켜는 새들의 날갯짓은 부산하고
밤새 게워 낸 도시의 배설물을
기침 쿨룩거리며 치워내는 청소차
뒤에 매달린 인부들의 볼 시린 눈동자

무표정의 가면을 쓰고 속쓰림을 달래며
지난밤의 비몽사몽 기억을 붙잡고
빈 지갑의 여정을 더듬는 청춘의 엘레지
밤과 낮의 임무 교대를 알리는
보초병 같은 새벽닭의 울음소리 들리면
좀비처럼 비틀거리던 군상들이 하나둘
바람과 함께 이슬처럼 사라져 가면
도시는 무표정한 낮으로 하루를 펼칩니다

애호박 일기

돌담 덮은 담쟁이넝쿨 사이
다소 버겁게 큰 머리꽃을 이고
어린 애호박이 앙증맞게 달렸습니다

간밤의 거센 비바람이 염려되어
아침 일찍 들러 안부를 물으니
주먹만큼 자란 얼굴을 내밀고
뽀얗게 웃으며 인사를 합니다

며칠 만에 볕이 좋아 찾은 담벼락
반기던 애호박이 사라지고 없어
떨어졌나 둘러봐도 흔적이 없고
물어봐도 모두가 모른다는 말뿐
조용하던 동네에 초비상이 걸렸습니다

탐문과 과학수사 끝에 나온 결과물을
혼자 남새밭에 묻었습니다
발로 밟아 다지며 묻었습니다

신발을 벗는 연유

하산 길에 기념관을 찾은 방문객
전시실 입구에서 신발을 벗어들길래
그 까닭을 물은 즉

"어릴 적부터 찾아뵙고 싶었던
존경하는 청마 선생님을 뵙는데 신발을 신고 들어가는
것이 결례인 듯해서요"

먹구름 속의 천둥 벼락에
큰 바위가 두 쪽으로 깨지는 듯
부르르 몸서리치는 큰 울림에
한동안 가슴으로 울먹였습니다

남기신 천여 편의 애송시와 함께
바르고 참된 교육자의 가르침이
이처럼 고운 열매로 영글었습니다

다문화 교실

서투르게 읽고 쓰고
더듬는 발음과 서툰 억양에
말귀가 다소 어두워도 괜찮아요

물설고 낯선 이국땅
인연의 끈 하나로 발 디딘 지 몇 해
초롱초롱 아이들이 곁에 있어도
하늘을 오가는 비행기를 볼 때마다
고향땅 부모님 좋은 친구들
그리움이 차곡차곡 쌓여 갑니다

이곳에도 청마를 모르는 이 많은데
펄럭이는 깃발과 부동의 바위
그리움이 파도치는 행복을
느리게 읽고 쓰고 외우며
이국 시인 청마의 시극 공연무대를
설렘 속에 손가락을 헤며 갑니다

해금강

비단에 아로새긴 바다의 금강이라
서불의 발자취는 풍랑에 씻겨가고
해풍이 어르고 가는 운무 속의 바위섬

한바다의 너울도 쉬어 찾는 십자동굴
갈고지 더덕이며 망부석은 무심한데
전설을 물어 나르는 갈매기 울음소리

여의주 입에 물고 포효하는 사자암
천년을 이고 선 심지 굳은 천년송
거제도 해금강이라 이름조차 곱구나

산딸기

벌써 알아차렸어야 했던 게야
새들이 찬미한 노랫소리는
탐스레 익어가는 과육인 것
알알이 연모의 씨앗을 품는다는 것은
누구에게도 차마 말할 수 없는
설렘보다 큰 두려움이란 것을

이파리 치마 수줍게 살랑일 때
햇살 스친 가지 사이로 숨어
뙤약볕보다 뜨겁게 익은 열매는
숨길 수 없는 애증의 흔적
달콤한 유혹에 충혈된 눈으로
어둠을 지키는 밤의 속삭임에
푸른 계절은 점점 야위어만 가고
산비둘기 한 쌍이 일찍부터
점찍어두고 기다리고 있습니다

청춘 소야곡

푸른 제복의 규율과 질서의 얼룩무늬
전쟁과 이산가족의 크나큰 상흔은
희로애락의 표정마저 아끼며
군화 끈처럼 동여매고 살아온 삶

명절에도 덕담 몇 마디 남기고
안방으로 가시던 당신의 뒷모습
못 이긴 듯 마신 약주 몇 잔과
둘째 사위의 넉살좋은 호기에 못 이겨
등 떠밀려 들어선 노래방에서

'해당화 피고 지는 섬마을에'
'실버들 늘어진 언덕 위에 집을 짓고'
섬마을 선생님 초가삼간

아~!
아버지, 우리 아버지
먹먹한 가슴에 울컥 목이 메는
푸른 제복 속에 감싸여있던 노래

아버지의 청춘 소야곡

마케팅

웃음 그려진 마스크를 쓰고
무거운 발길 나서는 겨울 들판

타는 입술로 마른침 삼키며
더께로 쌓은 인격마저 꺼내든 채

행군처럼 옮기는 무거운 발걸음
등 떠밀린 설움 행여 누가 볼 새라

스스로 달래는 망토를 고쳐 입고
다시금 지어보는 초승달 같은 미소
혼자 걷는 외로움의 길

아버지의 의자

거실 한편 구석진 자리에서
퇴직 후 아버지의 전용 좌석이었고
늘 그 자리에서 아버지를 기다리던
낡은 의자를 본다

창밖을 오고 가는 계절을 안고
지난 세월을 돌아보며 상념에 든
얼굴에 어리는 먼 고향의 그림자
두고 온 부모 형제 그리며 회한에 잠겨
주름진 골을 타고 흐르던 눈물

마치 언제라도 돌아와 그 자리에서
반겨 맞으며 일어설 것 같아
여태 치우지 못한 의자를 볼 때마다
점점 희미해지는 지난날을 붙들어 매고
아버지의 모습을 되새겨 봅니다

방하 카페

청마 생가 뒤편 담장 너머에
소담스런 여주인이 차를 빚어내는
아담한 이층집 카페가 보입니다

다육들이 옹기종기 볕 쪼임 할 제
담아오는 걸쭉한 대추차 한 잔
이웃한 조각가의 작품실을 나서며
허기진 가슴들을 채워 길을 나섭니다

청마 찾은 방문객 시나브로 들러
청마의 향기를 음미하고 돌아가는
둔덕 방하리 작은 카페
오늘도 그녀는 작은 등불 켜고
산방산 긴 그림자를 밤새 우려
찻잔에 옮겨 담아냅니다

담쟁이 사건

청마 생가 담벼락
푸르름을 자랑하며 왕성하게 잎 펼치던
담쟁이덩굴 굵은 줄기가
어느날 시들시들 말라가고 있습니다

너 나 모두가 신경에 날이 섰고
원인을 찾아 살피던 차에
누군가가 담쟁이 줄기 허리를
예리하게 잘라놓은 것을 발견하고
어설픈 수사본부를 차렸습니다

오랜 탐문과 잠복 미행에도
어설픈 심증과 정황증거뿐인지라
별 소득 없이 수사본부를 해체하였고

이듬해 봄 담쟁이는 아픔을 넘어
무성한 잎을 펼치고 있었습니다
아무 일도 없었다는 듯이

거가대교를 지나며

돌아가시기 두 달 전 무렵
병석에서 내 손을 꼭 잡고
거가대교가 완공되면 딸이 운전하는 차를 타고
드라이브 가고 싶다던 아버지의
소박한 꿈은 이슬처럼 사라졌습니다

전통적인 부권이 허물어진 혼돈의 시대
훈육과 위엄으로 질서를 이끄셨던 아버지
눈높이를 자식에게 맞추어 주시는 노년
6.25 참전용사로 국립묘지에 잠드신
남북통일이 그토록 숙원이었지만
당신 세대가 겪은 분단의 아픔은
세월이 흐르면서 시나브로 잊혀져 가는데
생전에 좀 더 다정한 딸이 못되었던
아쉬움에 마음이 아픕니다

'있을 때 잘해 후회하지 말고'
노랫말의 의미를 되새김질하며
지난날을 돌아보는 요즘

부쩍 아버지가 그립습니다

제2부

어머니의 부엌

어머니의 추억 기기

넘기는 앨범에 드문드문 생긴 빈자리
제 어릴 때 사진들을 골라서 빼간 것
앨범의 빈자리만큼
내 가슴에도 생기기 시작한 빈자리

아마도 어머니의 가슴에는 빈자리가
이보다 더 많았을 듯싶은 삶의 바퀴
자식들이 빠져나간 그 가슴의 빈자리를
채우려고 사진 찍기를 시작하신 것

사진기 셔터가 눌러지는 순간
모든 사물은 정지하고
정지된 시간을 하나의 공간에 담아
영상을 보며 미소 짓곤 하시는 모습
인스턴트 디지털카메라가 아닌
차르륵 필름 감는 소리가 좋고
인화의 시간이 마냥 기다려지던

살아온 삶의 크기만큼 무게로

묵직하게 다가오는 그 중량감
어머니의 아날로그 사진기

장터 나들이

키 큰 미루나무가 수문장처럼 버티고 선
마을 어귀를 스쳐 꼬불꼬불한 논배미를 지나면
싸리문 옆에 하늘을 가릴 듯 감나무가
하늘을 우러러 늠름하게 버티며 서 있고
간밤의 나른함에 못 이겨 낮잠 즐기던 삽살개가
인기척에 깨어 경계의 눈빛으로 모처럼
제 할 일 찾은 듯 왕왕 짖어대면

괴괴한 집안의 무료함에 배회하다
삼촌 골방에서 낡아빠진 만화책 삼매경에
빠져있던 나의 적막을 깨고 부르는 소리
무한한 설렘과 은근한 기대로
외할머니 손에 앞서 매달려
십리 길 장터로 나들이를 갑니다

서귀포 연가

밀감이 익어가는 계절이면
여동생 내외 사는 제주도 서귀포
감귤 향기가 해풍에 실려 옵니다

비행기표 끊어 보낸다고
일손 도울 사람을 재촉하는데
매인 이 몸인들 어찌하랴마는
해마다 보내오는 택배 상자에
알알이 담긴 마음 풀어 열치면
새콤달콤 정이 고맙기도 하지요

아버지 살아생전 계급으로 서열 잡고
두주불사 외치는 군인의 표상
알콩달콩 사는 여동생과 제부의
한라봉 같은 삶이 영글어 갑니다

장날 풍경

시끌벅적한 장터 시계전의 주인장은
밀고 당기는 실랑이로 넘겨받은 곡물에
넉살 좋게 웃돈 얹어 금을 놓고
생선가게 눈깔 빤히 뜬 고등어 한 손
비계 섞인 국거리 쇠고기 한 근
고소한 굉음을 펑펑 터트리던 튀밥 아저씨
모락모락 김 피우며 유혹하는 국숫집
배고픔도 잊고 만지작거리던
좌판에 펼쳐진 머리핀과 가락지들

장이 파할 무렵 외할머니 속곳 쌈지
삼촌 이모가 명절에 쥐어 준 꼬깃꼬깃한 지전은
따끈함이 살아있는 순대 봉지로 바뀌었고

유성처럼 스치는 시류 따라 장터는
커다란 마트에 밀려 뒤안길로 접어들고
전화로 장보기 배달을 마친 새댁들은
계란 토스트로 아이 남편 내보낸 후
삼삼오오 카페에 모여 수다를 떨며

모닝커피를 즐겨온 지 이미 오래

어머니의 부엌

가족이 하루의 평화를 갈무리하면
청상인 이웃 여인들 서넛이 모여
밤 이슥토록 넒두리에 막걸리를 홀짝이던
어머니의 전용 사교장

술도가의 넉넉한 집 딸로 자라
군인 남편 따라 억척으로 살며 익힌
금언처럼 지혜로운 가르침
충치에는 뜨거운 참기름이요
어디에는 무엇이 좋다던 민간요법 의사

군에 간 아들의 무사를 빌며
정화수 떠 올리던 조왕신의 터전
때로는 눈물로 간을 맞추고
숯덩이로 탄 가슴 열쳐 화롯불을 피우던
우리 어머니의 전유 공간

외할머니

며칠 동안 쏟아부은 양동이 홍수에
떠내려가며 울부짖는 어린 송아지를
둑방 위에서 안절부절 발만 동동 구르며
목메어 소리치던 눈물범벅의 큰외삼촌
흔하디흔하던 쇠똥구리며 반딧불처럼
점점 사라져가는 장터의 풍경들

흰머리 곱게 빗기라도 하는 날에는
따라나설 설렘에 가슴 졸이던 유년
짐바리들과 어울려 가시던 외할머니의
돋보기에 투영되어 비친
손녀 머리에 앉은 빨간 나비 머리핀

오늘처럼 굵은 비라도 오는 날이면
풀어 헤친 빗줄기 가락 헤치며
손녀가 가만히 귓전에 속삭이던 말

"외할머니,
오늘처럼 비 많이 오는 날은
장터에 나가지 마이소"

무정한 듯 유정함으로

자람이 멈춘 듯 소철 나무도
내가 모르는 사이에 자라고
우리고 잠든 밤에도
하늘과 별자리는 끊임없이 돌고 돌건만
북극성처럼 제자리걸음만 하는
나와 나의 그림자를 봅니다

사랑과 유정은
쟈크의 완두콩처럼 하룻밤에 크거나
콩나물처럼 그냥 물만 주면
자라는 게 아니란다
시간을 양분으로 시나브로 크는 게지

다만 세상일이란 콩나물과 같아서
시루에 물을 주면
죄다 아래로 흘러내리는 것 같지만
그래도 콩나물은 잘도 자라지 않더냐

있는 듯 없는 듯

가는 듯 멈춘 듯
그렇게 그렇게 살아가는 듯

조기 창업

중학교 초입 무렵
알뜰하게 용돈 모아 찾은 큰길가 만화방
빌려온 책들을 방안에 펼쳐놓고
방문 앞에 종이로 간판을 붙인다

'정희 만화방'

반값 소문에 용돈 들고 찾아온
나름 쏠쏠한 동생네 친구들
떼거리로 몰려와 부산떨다 외상이라며
내빼던 얄미운 오빠 친구들
코흘리개 고객의 집을 확인하고
심부름 값 부수입을 챙기던 남동생

아뿔싸,
누군가 빌려 간 만화책을
큰길가 만화방에 반납하는 바람에
들통난 비밀의 만화방
주인 여자의 난리법석에 눈물의 폐업

양철 필통에 든 수익금을 압수하고
담배 사서 피워야겠다며
빙그레 웃음 짓던 아버지의 표정에서
전해오는 머쓱함과 작은 위로감

아, 삼일천하로 끝난 유년의 창업
아직도 미수금으로 남은 오빠들의 외상값

빗길에서

굵은 장대비의 치열함과
귓전을 스치는 이슬비의 섬세함
모락모락 전설이 피는 안개비
꾸중처럼 한바탕 퍼붓다가
언제인 듯 해맑은 소낙비처럼

아주 가끔은 톱니바퀴의 윤활유처럼
달콤한 여우비로
메마른 일상에서 지쳐가는
그의 심장을 촉촉이 어우르고 싶고

영화 속 장면처럼
코트 깃의 뒷모습을 바라보다
말없이 눈물짓는 연인들처럼
여름의 추억을 이별하고
저만치 다가온 초겨울에 놀라
잰걸음에 달려온 전령사 가을비처럼

빗길 나들이에서

빗방울이 전해 주는 잠언들
마른 가슴 새싹이 돋는다 해도
서풍 타고 밀려오는 붉은 황사비는
내 결코 한사코 마다하리니

라디오를 들으며

다정하고 감미로운 목소리로 한밤의
음악 편지를 들려주던 진행자
내 사연이 읽히기를 가슴 졸이며
밤새 설레던 학창 시절
그때를 소환하려 라디오를 찾습니다

이름 모를 신병으로 시름 앓던 때
맡긴 절집으로 이튿날 되돌아온 아버지
대구행 이삿짐을 트럭에 쟁여 싣고
출발 직전 주저앉아 우는 어머니와
짐바리를 다시 내려야 했던 기억들이며

인공지능이 난무하는 요즈음
하얀 잡음 섞인 아날로그 감성이 그리워
묵은 오디오 라디오를 켜면
귀에 익은 프로그램과 정겨운 목소리
지난 시절 풍경들이 아련히 떠올라
학창 시절 앨범을 뒤져가며
잊고 살던 친구의 안부를 묻습니다

친구 이야기

같은 반의 학창 시절을 공유한 기억 말고는
변변한 추억거리 하나 없는 오랜 동기가
느닷없이 보내온 청첩장을 시발로
드문드문 연락을 주고받는 그녀

하룻밤 사이에 하늘 끝까지 닿는
성급한 우정의 공백을 메우려는 나와는 달리
필요 이상의 감정을 보내오지 않는 그녀
절제 속에 느리게 우정을 키워야 한다고
무언의 암시를 주는 것 같은

때론 속내를 드러내지 않아 야속도 하지만
귀 기울이면 전해오는 유정함을 측량할 수 있어
평소에는 존재를 까마득히 잊고 살다가
자연스레 필연적인 전화가 되어버리는 사이

언제나 절제된 소나무 분재처럼
뭉근한 온기를 전해 주는 오랜 그녀

새벽 운동

사람들이 아직도 꿈속에서 헤매는 새벽
이른 하루의 빗장을 여는 그들을 본다
새벽에 여자가 문밖을 나서는 것 자체가
언감생심 금기였던 시절
불편한 부엌 구조와 번거로운 식생활
층층시하의 대가족 수발로 해가 짧던 시대

시간적인 여유가 넉넉해진 요즘
무력함과 장차 찾아올 육신의 몽니
사전 예방 차원의 새벽 운동길
전장에 나서듯 채비하고 나선
첫 출정에서 무참히 패배한 체력을 원망하며
스스로 돌아보고 독려했던 나날들
무에서 유를 창조했다는 작은 위안으로
틈틈이 나서보는 새벽 운동길
이른 하루의 일과를 열어 펼칩니다

무채색의 그녀

언제나 무채색 옷차림으로 조용히 오가는
한 폭의 난초 같은 여인
호수 같은 미소로 커피를 마시는

현란함이 난무하는 이 시대에
수묵화처럼 질리지 않는 향기를 풍기며
화폭에 고정으로 등장하는 옷핀으로
자신을 엮어온 삶

"남에게는 하잘것없는 것들이지만
나에겐 소중한 추억이지요.
이십 년 전 남편이 하늘나라로 가버린 그날에도
벚꽃은 눈부시게 피었습니다.
상여 위로 벚꽃이 하늘하늘 내리고 있었지요.
그이의 아픔을 다 덮어주듯이…"

오늘도 벚꽃 같은 그리움을
무채색 화폭에 그려 넣고 있습니다

불로소득

부뚜막 옆에 자리한 어머니의 찬장
알록달록 그릇들이 자태를 뽐내던
그 맨 아래쪽 서랍은
어머니의 치부책과 비상 금고

미처 치우지 못한 부뚜막의 잔돈을
살그머니 찬장 밑 틈새로 밀어 넣고
며칠 동안 눈치 살피며 가슴 졸이던
누룩처럼 숙성되기를 기다리던 나날
군것질할 때의 긴장과 콩닥거림

그날따라 더욱 다정하고 살갑던 어머니
그 눈길을 정작 마주 바라보지 못하고
오금 발 저리며 주눅 들어야 했던
파랗게 녹슨 서랍 속의 동전 같은
볼 빨개지는 유년의 기억 한 조각

지심도의 추억

그물에서 펄떡거리는 물고기 같은
삶의 추억이 남겨진 지심도
원색의 행락객들로 붐비는 부둣가
멀어져 작아지는 항구와
점차로 커다랗게 다가오는 섬

거친 해풍 속에서 동백꽃 피워
두 팔 벌려 반겨 맞는 작은 분교장
만개한 동백은 속절없이 지는데
머물 때와 떠날 때를 구별하지 못하고
자리에 연연하는 이 세상에서
동백꽃의 붉은 울음소리를 듣습니다

코흘리개 노랫소리와 선생님은 사라지고
무심한 상춘객들의 취한 웃음소리들
팔색조의 배웅으로 떠나오는 선착장
둥지를 떠난 아이들을 그리며
어제가 그리워 지심도를 찾았습니다

면장님의 눈물

공직 생활 서른두 해에 진급한
면장 발령장 위로 떨어지는 눈물
소탈한 모습에 세월의 더께가 얹혀가는
반백의 머리가 말해주는 세월의 흐름
조용한 호수처럼 때로는 훈육과 위엄으로
집안을 다스렸던 아버지가 떠오르고

신부 입장 때 붙잡았던 아버지의 팔은
가늘게 떨리었고 발걸음도 흔들렸더니
신혼여행 떠나는 길에 눈물 감추고
"그래, 부디 행복하게 잘 살아라"

강산이 세 번 바뀌는 반백의 나이
묵묵한 희생으로 살아온 아버지의 자화상
여름날 더위를 식히며 지나가는
소나기 같은 면장님의 눈물에서
떠나신 아버지를 읽었습니다

집배원 아저씨

북풍이 목덜미를 파고드는 겨울
택배를 들고 온 집배원 아저씨의 시린 손
프랑스의 옛 인심처럼
포도주나 양주는 아니더라도
따끈한 커피잔을 받아 들고 쑥스레 웃으며
잠시 넋두리로 짬을 풉니다

"일이 힘 드시지요?"
"그래도 이 일을 해서 자식들 공부시키고 있는걸요"

배달이 밀렸다며 서둘러 자리를 뜨는
머리 희끗한 집배원 아저씨
달려가는 빨간 자전거 뒤를
행여나 놓칠세라
아까부터 문간 밖에서 기다리던 찬바람이
부리나케 뒤따라 붙었습니다

부부의 신경전

과묵한 아버지의 군자행에
경제 논리로 대응하는 어머니
소인배로 치부하기는 나름 맞는 말

가부장의 권위가 무너져 내리고
분수처럼 솟는 혈관의 압력에도
전전긍긍 쫓아갈 수 없는 곳
어머니의 부엌은 불가침의 소도蘇塗
오랜 침묵과 냉랭함 속에서
눈치를 살피던 승리의 여신은
늘 어머니의 편에 슬그머니 섰던 것

세월 흘러 정년퇴직 후
금기의 벽을 열치고 들어서
설거지통에 손 담근 아버지의 흰머리엔
긴 세월이 슬며시 내려앉았고

화톳불이 졸며 지켜주는 겨울밤
도란거리는 노부부의 얘기를

문풍지도 몰래 엿듣다 잠드는 풍경

폐교에서

초미니 분교에서 꿈나무들을 가르치며
육지로 나갈 물때를 기다렸을
벽지 낙도 교사의 모습은 사라지고
상춘객들의 떠드는 소리만 요란한 한낮

아이들의 모습이 사라진 학교
운동장 한쪽에 앙증스레 작은 연못
자연 시간의 실습장이기도 했고
붕어 서너 마리가 한가로이 노닐던
아이들과 선생님이 소라껍데기를
풍당풍당 던져 넣으며 만들었을

붉은색 띤 운동장 한쪽
동백 숲을 차양의 옹이 박힌 의자 둘
나란히 앉아 방문객을 맞고
분교 뒤쪽에 낡은 목조건물은
선생님이 밥 짓고 빨래하던 관사
왕거미가 주인행세 한 지 오래

아이들을 기다리는 잡초 운동장
동백나무 숲에서 들려오는
야릇한 팔색조의 울음소리 곱다

달을 보며

구름이 달을 가리며 흐른다
달이 구름바다를 헤치며 간다
동화 속을 유영하는 듯한 착각

팔월 한가위가 며칠 남지 않아
만삭을 향해 배를 점점 불러가고
달빛은 어둠을 희석하며 달무리를 짓고

초승달 상현달을 거쳐
잠시 밤하늘을 가득 밝힌 보름달로
다시 하현, 그믐으로 돌고 돌아
우리네 삶도 이러하다 했던가

도심에는 달이 없다
달은 있어도 눈앞에는 없다

그저 마음속 한편에 품었다가
외로울 때면 남몰래 띄워보는
그리운 그 얼굴처럼

제3부

별 헤는 밤

청마의 귀향

들풀이며 풀뿌리 푸성귀가
때로는 찬거리로 조약으로 돋아났던
앞마당 우물가 작은 텃밭엔
각색 꽃들이 줄줄이 피어나고

담벼락 두른 뒤란 남새밭에는
첫물 부추랑 개똥쑥이
올봄에도 어김없이 올랐습니다

생전에 그려오던 부조의 땅
이장식 노제 때 선도차에서
가슴으로 울먹였던 임을 향한 노래가
지전당골 무덤가에
수선화로 피었습니다

저리도 곱게 피었습니다

서랍 속의 노트

한 번도 열어본 적 없는 아버지의 서랍
보화나 비자금이 있으리라 추측한 사람들
설렘 끝에 열린 서랍에는
누렇게 바랜 낡은 공책 다섯 권
노트 첫 장을 펼쳤습니다

'오늘도 외로운 하루였다'
'외롭지 않은 사람이 어디 있으랴'

서랍은 늘 고독한 아버지의 마음을
켜켜이 쌓아두는 공간이었던 것
박목월을 아버지로 둔 교수 아들의 특강

돌아오는 차에서 홀로 읊조린다
'사랑하는 것은
사랑을 받느니보다 행복하나니라'
아까부터 경로 이탈을 알리는
내비 양의 다급한 목소리가
쉼 없이 들려오고 있었습니다

기념비를 세우다

조선소 철판 위에 꽃을 심어 기른다는
무모하고 황당한 고난의 여정을 넘어
거제도에 예술의 텃밭을 일군 선지자

원술랑과 수궁가와 국립창극단이며
진흙 속의 진주를 더듬어 캐듯
동랑 청마의 싹을 틔워 내시고

처자의 생활비 한 번 못 보낸
적자 인생 만년 평교사의 월급봉투
낡은 손가방에 남루함도 잊고
후줄근한 무더위 속 열정을
덜덜거리는 선풍기로 식히시던 모습

청춘과 열정을 거제에 다 바치고
부조의 땅에서 영면에 드신
한국예총 거제지부 초대지부장
이영호 선생님

황제길 고갯마루 기념비를 보노라면
밤새며 일했던 그 시절이 그리워
자꾸만 발걸음이 무거워 집니다

양달석 미술관

청색 주조에 목동이 피리를 불고
조선 땅의 순한 소들은
뒷동산 시냇가에서 한가로이 풀을 뜯는
목가적인 풍경이 펼쳐진 캔버스
추상이니 전위예술이니 하는
유행이 드세게 화단을 몰아치던 시절
어둡고 가난 속에서 한평생을
서민 화가로 향토적 주제를 고집하며
농촌의 체험을 화폭에 옮겨 놓던 그
청마와 같은 해에
거제 사등면 한의사의 차남으로
민중 화가로 살아온 여정
소와 목동처럼 살다 간 여산 양달석
황소울음 나지막이 들려오는
옛 성터에 노을이 곱게 깔렸습니다

남도 기행

윤선도의 자취를 찾아 나선 남도길
대흥사 버스의 몽니에 기사는 안달하고
시인 김지하를 돌려세웠다는 땅끝을 지나
바다를 가로질러 보길도로 헤어 가다

십이 정각, 세연정, 회수당 석실 등
부용동 정원은 여전히 고고한데
오우가를 부르던 선현의 자취는 흥건한데
다들 내려놓자고 노래하건만
정작들 내려놓지 못하고 움켜쥔
일그러진 욕망들은 다 무엇이런가

바둑알 같은 완도의 어장을 스쳐 지나서
다다른 영랑 생가 동백 숲길
민족을 노래하던 숨결을 품어 안고
오가는 이들을 반기고 있다

청해진에서

신라와 당을 잇고
물목기 대로 실려 오가던 그릇과 향료
넘보던 왜구를 무릎 꿇린
완도 청해진 장보고의 터
어느 못난 무리가 있어
질시와 음모로 일으킨 혼돈의 장
철마다 큰 태풍이 밀려올 때면
바다를 뒤엎듯 폭풍우 같은 울음
무심한 능소화는 울타리 담장 넘어
고개 내밀고 배시시 웃음 짓는데
흐르는 구름 따라 사라져간
역사의 뒤안길을 더듬으며
어제의 길을 따라 오늘을 걷는다

장승포항

노을이 물드는 장승포항
등대길에 펼쳐진 야외공연장
무대와 객석의 구분마저 없이
황혼 깔린 저녁 마실 나온 사람들
아이들 손잡고 사탕 입에 물고
함께 어우러진 한판의 춤마당
항구의 불빛도 일렁이며 춤추고

세상을 살아가는 이야기가 있고
넋두리 잔소리 꾸지람 소리도
밤늦게 노닐다가 이슬에 젖고
길 떠난 나그네의 외로운 마음도
해조음 따라 눈시울 적시는 곳

섬나라의 흔적이 곳곳에 남아
한때의 영화를 그리워하는 듯
낡은 필름의 흑백영화 장면처럼
어제와 오늘이 교차하는 항구

잔인한 사월

박쥐에서 비롯된 독한 감기가
동서양을 휩쓸고 지나가면서
낮과 밤의 풍속도를 바꾸었고

인파로 북적이던 거리며
줄 길게 서서 기다리던 맛집들은
공연 끝난 무대처럼 황량해지고
사람들의 모임마저 금지된 일상
혼술과 혼밥과 배달이
떠들썩한 소란과 회식을 밀어냈고
늘어난 점포세와 텅 빈 거리의 우울함

효과도 부작용조차 모르는 주사약
통행증 출입증을 대신하던 강제 접종증명서
그래도 버티며 견디는 까닭은
좀 더 나은 내일에 대한 작은 기대감
엘리엇을 떠올리는 계절

"그래도 희망"

팔꿈치가 헤진 내복

나그네처럼 살다가
나그네처럼 떠나간 시인
사랑을 위해 모든 것을 내던지고
무모하게 내질렀던 일탈
빈한한 도피에도 무한히 글을 썼기에
아픈 헤어짐은 '이별의 노래'를 낳고
부두의 이별은 '떠나가는 배'를 낳았다는
가슴 아려 못 이룬 러브스토리
시인이 떠난 후 어머니의
장롱 속에 감싸두었던 옷 보따리엔
평생 글쓰기로 팔꿈치가 헤진
내복 여러 벌이 들어있었다는
아들 교수님의 자랑하는 집안 내력

글 쓰는 집안의
팔꿈치가 헤진 내복
자랑이 참으로 곱기도 하다

별 헤는 밤

소녀 시절 오라버니의 책 선물
'하늘과 바람과 별과 시'

그를 찾아 떠난 연길 공항
이국땅엔 차가운 겨울비만 내리고
질척이며 덜컹대며 찾은 곳
돌보는 이 없는 생가는
계모시하 콩쥐처럼 초라하기 눈물겹다

자화상을 그리던 낡은 우물
우중충한 하늘이 빠져 울음 우는데
하늘을 헤쳐 다독거리며
잠긴 얼굴을 건져 올려 품는다

얼마나 외로웠나요?
고향 소식은 들려오던가요?
봄이면 무덤가에 꽃이라도 피던가요?
홀로 이 낯선 땅에서…

거제의 청마를 떠올리며
슬픔 가득 안고 귀국길에 들다

껍데기는 가라

시퍼런 멍 자국으로 가득한 바다
실낱같은 희망은 바닥없는 슬픔으로 바뀌고
팽목항에는 통곡이 너울처럼 밀려들어
온 나라로 메아리쳐 가는데

차가운 아이들
아무리 기다려도 다시는 집으로
돌아오지 못할 아이들을
한평생 가슴에 묻고 살아야 할 부모들
모두는 지금 그 바닷속 그 처절함에 대하여
함께 눈물을 흘리고 있어

껍데기만 여객선이 아니었는가
껍데기만 선장이 아니었는가
껍데기만 나라가 아니었던가
껍데기가 난무하는 세상
껍데기가 정작 껍데기 아닌
귀한 알곡 같은 생명들을 삼켰음이기에

껍데기는 가라
사월도 알맹이만 남고
껍데기는 가라!

연극의 바다

씨앗을 뿌리고 가꾼 세월
연극의 바다를 일궈낸 저 뒷면
감지되는 치열한 예술혼의 울음소리
화전민 같은 척박한 땅에서
연극의 역사를 만들어 낸 오늘
예도 소극장의 옹골찬 지킴이들

새봄처럼 분명한 명징성으로
전국 연극축제의 바다를 일구는 그들
두려움 속에서 신대륙을 찾고자
긴 항해를 준비하는 부산한 수부들처럼
또 그렇게 나아갈 것이리라

장승포항에 닻을 내린 우람한
범선 꼭대기 전망탑에 올라
커다란 돛을 높이 펄럭이게 할 것이니

휴먼 축제

한사코 나아가기를 거부하는 휠체어
바퀴를 다독이고 자신을 격려하며
힘겹게 밀고 가는 사람들

불편함을 알고 수긍하고 긍정으로
웃음의 텃밭을 일구며 살아가는
그들의 해맑은 웃음 뒤에는
실루엣처럼 부처와 예수의 그림자가
광배를 펼치며 따라붙고 있어

마음대로 움직일 수 없음이지만
생각만큼은 누구보다 자유로운 것
무한한 우주와 공상과 상상력
꾸밈없이 자유로운 영혼의 소유자
꿈과 사랑이 파도처럼 밀려드는
신의 아이들이 노니는 휴먼 축제

아버지의 자전거

늙은 자전거가 비틀비틀 굴러간다
낡은 자전거는 쓰러지지 않으려고
육십 년도 넘게 위태로이 굴러간다
세상이 깊은 잠에 빠져들고
남들이 쉴 때도 멈춤 없이 굴러간다
아니 굴러가야만 한다
술도가 배달부 자전거 안장 뒤에
주렁주렁 매달린 술통처럼
자신의 주름진 얼굴만 바라보는 처자들의
까만 눈동자를 보기 두려워 고개 숙인 채
삐걱대는 페달을 힘껏 밟으며
맞바람 부는 언덕길을 힘겹게 오르는
지친 아버지의 둥글고 야윈 볼
하얀 바퀴 그림자를 품어 안는다

해학 마당의 이순신

광화문에 우람한 동상과
거북선의 무용담과 위엄은 간데없고
인간 아재가 되어 무대에 서 있는
영웅 아닌 인간의 진면목을
엄숙 아닌 웃음으로 바라보는 시간

영주의 지시에 출정한 순정남 사스케
조선 처녀 막딸을 구하다 입은 상처
산수유와 칡넝쿨은 무심히도 피는데
국경과 신분을 넘나드는 인간애
순종이 미덕인 조선 여인을 벗어나
능동적 도발로 사랑을 쟁취하는 그녀
고구마 한 덩이에 눈이 돌아가고
영웅을 욕쟁이로 둔갑시키는 해학과 반전

무능과 내분으로 얼룩진 이 나라
차라리 허탈한 웃음으로 메워보는
존재의 의미를 되새기는 시간

제4부

피카소를 닮은 발

명성황후

한 남편의 아내요,
아이의 어머니요, 며느리
한 나라의 국모였던 그녀

풍랑 속에 내던져진 난파선 같은
조선은 태풍 속의 등불
부러진 돛대를 붙들고 몸부림치다가
동백꽃처럼 저물어 간 여장부의 삶

이중 회전무대 위에서
고증을 거친 복식으로 되살아나
고고한 기품과 아름다움을 전한
명성황후의 슬프고 고운 노래들

엉킨 역사의 물레를 풀어 되감으며
그 이름 명성황후 네 글자
금실로 촘촘히 수를 놓는다

춘향 이야기

아무도 눈길을 주지 않았다
그저 양반과 기생의 놀음에 불과하므로
일개 기생이 열녀가 되기까지
숱한 고초야 어찌 형언하랴마는
다시 오마 하던 그 언약의 무게

유충열전을 통하여 충忠을
심청전을 통하여 효孝를
춘향전을 통하여 열烈을 배웠던 시대

엄격한 반상班常의 굴레를 내던지고
신분도 분수도 망각한 채
뜬구름 같은 사랑을 믿고 지킨 수절
시대를 거스르며 피운 러브스토리
시대를 넘은 춘향전 막을 올리다

두 남자의 웃음 코드

개인기 없이 십 년 넘게 버텼고
웃기는 것에 그럴듯한 철학도 없고
특별한 사회성도 없고
튀어야 한다는 강박도 없는
그때그때 색다른 웃음을 끌어내고는
원칙 없이 흔들리는 정치권이나
사회를 비판한다고 거창한 의미를 부여하는

생뚱맞은 그 말이 그들만의 독특한 코드
대본도 없고 주제도 없고 그저 그날의
반응 한 번으로 끝을 내는 무대

모든 공연물의 집합체
터지는 입담에 사라지는 스트레스
너무 웃어 턱이 아픈 후유증까지
정찬우 김태균의 컬투쇼

토스카

나폴레옹 시대 로마의 하룻밤 사건
프리마돈나 토스카에게 욕망을 품은
경찰청 스카르피아와 연인 화가 카바라도시
구속된 연인의 목숨을 구하고자
위험한 거래와 저질러진 살인죄

처형당한 연인과 살인자 된 토스카
성벽에서 떨어져 생을 접고
하룻밤 사이에 죽음을 맞는 세 사람

몬테크리스토 백작과 도미의 아내
탐욕이 빚은 슬픈 순정들
동서고금 어디에도 있어 왔었던
깨진 유리창 같은 사랑의 이면들

엄마와 딸

"낮도깨비마냥 와서
신경질부터 내고 지랄이네.
딸년이 아니라 상전이라니까…"

"우리 낳고 후회한 적 없으세요?"
"아니, 니들 키우면서 후회한 적 한 번도 없어.
너희들 때문에 살았어"

"금을 준들 너를 사랴, 옥을 준들 너를 사랴"
"엄마는 왜 날 낳아 고생시켜"
"너는 자꾸 엄마 땜에 못 산다 그러는데,
난 너 땜시 산다"

"갈라믄 다 갖고 가지.
정 무거우면 정이라도 갖고 가지…"

중병에 걸려 친정으로 돌아온 딸
엄마와 2박 3일 마지막 시간
죽은 딸의 사진을 안고 오열하는 엄마

통속적 신파극에 통곡으로 합창하는 관객들

그들도 엄마의 딸이고
자식의 엄마이기 때문이런가
손으로 찢어 얹어주던 포기김치처럼

맘마미아

결혼식을 앞두고 아버지를 찾아 나선
딸에게 벌어지는 소동을 통해
진정한 사랑의 의미를 되묻는 공간

낯익은 얼굴의 공연이지만
향수를 찾아 자리 잡는 관객들

최정원 전수경 이경미의 내공
서로를 읽어내는 환상적인 호흡
이국적인 풍경에 울고 웃는 사람들

철없던 옛사랑을 그리며
지난 추억에 잠겨 드는 무대
작은 우산을 쓴 연인들의
한쪽 날개처럼 비에 젖는 오후
아이 손잡고 맘마미아를 찾았습니다

작은 바램

내가 힘들고 외로워질 때
내 얘길 조금만 들어주는 사람이 있다면
좋겠다고 노래하는 노사연

어느 날 깊은 잠에서 깨면
사방에 깔린 어둠과
열사의 사막 한가운데서
방향조차 못 잡고 헤매는 삶
처마 끝 고드름처럼 매달린 삶
꽃 피는 봄이면 정작 녹아 사라질
먼 훗날의 실루엣

참나무통에서 숙성되는 포도주와
술 익는 마을에 깔린 저녁놀
이삭 줍는 사람들
풍경화 속의 배경이 되고 싶은
그녀의 바램은
우리 모두의 바램이 아니었던가

피카소를 닮은 발

옹이처럼 튀어나온 발가락
깨지고 부서진 발톱
굳은살과 상처투성이의
뒤틀어진 못난 발

나비처럼 가볍게 날아올랐다가
내려앉을 때 나뭇조각에 짓이겨지는
고문과 고통의 무한 반복

몸으로 노래하고 그려낼 때마다
레슬러의 귀처럼 뭉개지는
토슈즈 속 열 개의 발가락
피카소의 추상화 구도처럼

민들레 홀씨처럼 하늘을 날며
허공에 그려내는 춤사위
고행을 이어가는 구도자인 양
발레리나 강수진의
피카소를 닮은 발가락을 활짝 펴다

워낭소리

늙은 소를 벗으로 평생을 살아온
산골 노부부의 무딘 이야기
소걸음만큼 투박한 시골의
싱겁고 느릿느릿한 일상이 있을 뿐
눈요기도 자극도
달리 연기력도 없는 영상미

님아, 그 강을 건너지 마오

더 일찍, 더 빨리
남을 앞질러야만 살아남는
디지털 시대의 긴박감을 잠시 잊고
아날로그적 감성을 끄집어 올린
독립영화 한 편

지그시 눈 감으면 들려오는
댕그랑 워낭소리
엎드려 사르르 잠이 듭니다

미나리

화려한 결말이나 특별한 반전도 없는
미국 시골 마을로 이민 간
한국인 가족의 이민사

가족 간 끈끈한 유대와
소소한 일상을 차분하고 친근하게 그린
한국인의 소소한 정착 스토리

블록버스터 아닌 소소한 일상이
세계적인 감동을 준 것
크고 위대한 것만이 전부가 아닌 것
역사의 이면에는 백성들의
잡초 같은 애환으로 직조된
질긴 바탕천이 있었음이기에

우울한 시대를 살아가는 우리에게
작은 위안이 되었으면 싶은
움을 틔우는 해갈의 봄비에
미나리가 쑥쑥 자라길 빌어 봅니다

문화 초대석

어차피 해야 할 인사치레라면
차라리 티켓을 드리세요

로미오와 쥴리엣의 슬픈 이야기며
마음의 가야금을 울리는 판소리며
오페라며 미술관도 좋지 않나요

모처럼 허둥대던 일상을 털고
누군가의 손을 잡고 얼굴 마주하며
예술의 향기에 살며시 젖어보세요

잊고 살았던 유년의 추억들이랑
선생님의 손풍금 소리가 귓가에
가을바람 타고 은은히 들려올 테고
잊고 살았던 누군가에게
안부라도 전하고픈 마음이 들겠지요

익어가는 시간의 흐름 따라
우리도 곱게 익어가지 말입니다

백령도에서

심청이가 뛰어들었다던 그 바다
거센 물살을 헤치며 밑바닥을 더듬는
그들도 물살처럼 울고 있습니다

두 동강이 나버린 선체며
생사를 알 수 없는 처절함
해풍에 휘날리던 태극기 마흔여덟
하나가 주민 백 명을 뜻한다는 섬

장산곶 마루 북소리에 임 마중 간다던
학창시절 노래는 전설이 되어가고
젊은 넋들이 해저에서 통곡할 때
처량한 갈매기 울음소리도
북풍 속의 깃대에 매달려 울고 있습니다

정작 인당수에 내던질 것은
괴물 같은 '이데올로기'인 것

'아, 내 하나의 사랑은 가고'

포켓 속의 힐링

작지만 큽니다
비록 책은 작으나 감동은 큽니다

느림의 미학과 힐링
삶의 여유와 행복을 그리며
섬섬옥수 시편을 모아
작은 초가집을 지었습니다

기쁠 때나 슬플 때나
일상에서나 먼 길 떠날 때
정겨운 벗으로 힐링이 될
거제도 시인들의 푸른 마음을
실바늘로 진주 구슬을 꿰듯이
초가에 용마루를 올리듯
그렇게 포켓 시집을 엮었습니다

'지심도에서 시를 읽다'

거위의 꿈

그녀는
청둥오리도 백조도 아닌
못난 거위였던 것

주한미군 흑인과 한국인 어머니
다문화에 대한 인식조차 없던 시절
혼혈 튀기 계집아이로 살기에는
참으로 서럽고 팍팍했던 시절

서러운 울음소리를 노랫소리로 키워
디바의 자리에 올라 나이조차 잊고
여전히 혼신으로 열창하는 그녀

꿈을 갖고,
그 꿈이 이뤄질 것을 믿고,
끝까지 살아남겠다는 각오로,
쉴 새 없이 노력한 덕이라고 말하는

이국 병사를 사랑했던 어머니를 그리며

절규처럼 토해내는 목소리
가수 인순이의 인생 역정을 그린
'거위의 꿈'
뭉클한 전율로 오다

담배 가게 아가씨

딸 생각은 일단 접어두고
도망간 아내를 찾아 헤매는 아버지의
잘라내도 봄이면 뻗어나는 칡넝쿨처럼
끈질긴 애증의 끄나풀

딸을 사랑하는 남자의 풋풋한 진정은
등나무처럼 뒤틀린 부녀의 정을 다시 풀고
따스한 온기를 품고 살아가게 되는
일상의 이야기를 엮은 뮤지컬

위대하지도 거창하지도 않은
이웃의 작은 일상을
예술의 이름으로 새로이 탄생시킨
담배 가게 아가씨의 개업식
해맑은 그녀의 웃음소리를 듣는다

아모르파티

수은등 불빛 꺼진 거리의 낙엽처럼
사라진 긴 시간의 벽을 넘어
엔카의 여왕으로 등극한 그녀
서러운 눈물의 현해탄 건너
이국땅에서 꽃을 피운 작은 거인
비록 지금은 남은 것 하나 없지만
노래가 있어 행복하다는 그녀

니체의 허무를 넘어
자신의 운명을 사랑해야 한다고
질곡의 시간을 넘어 회한을 달래며
휘고 꺾으며 뿜어내는 농익은 목소리

지금 오늘이
가장 찬란한 행복이라며
체구보다 더 크게 울리는 노래
김연자의 아모르파티(Amor Fati~!)

자신의 운명을 사랑하라!

걱정하지 말아요. 그대

사랑했어요… 김현식
사랑하기 때문에… 유재하
안개 낀 장충단 공원… 배호
하얀 나비… 김정호
이들이 낙엽처럼 떠나간 십일월은
왠지 스산한 외로움이 밀려오는 달

'그러나 시인이여 외로워 말아요
힘겹고 척박한 이 세상을
감동케 하고 꿈꾸게 하고
더 아름다운 곳으로 함께 행진합시다'

'걱정 말아요 그대
그대여 아무 걱정 하지 말아요
우리 함께 노래합시다
그대 아픈 기억들 모두 그대여
그대 가슴 깊이 묻어 버리고
지나간 것은 지나간 대로 그런 의미가 있죠'

전인권과 박기영이 들려주는
사람 사는 이야기

효도 공연

추석을 며칠 앞둔 초가을
엘레지 여왕이라고 불리지만
언제나 겸손한 국민 가수 이미자

동백 아가씨와 여자의 일생
인기에 욕심을 내거나 매달리거나
신비하게 감추거나 미화시켜 꾸미는
재주도 하나 없다는 그녀
그냥 있는 그대로 살아온 삶

이제는 돌아와 거울 앞에 선
내 누님 같은 이미지의 가수
김동건의 사회로
이미자가 펼치는 효도 공연

그렁그렁 솟는 눈물에
손수건 하염없이 적시고 왔습니다

영랑생가에서

강진군 강진읍 211번지
지방문화재 89호
본채와 사랑채가 널찍이 자리 잡고
빼곡한 대밭과 고목 동백이
고풍스런 분위기를 그려 냅니다

지난해 피었던 능소화
곱던 자태가 아직도 눈에 선한데
올해도 단아한 웃음으로 반기네요

장독대 나란히 놓인 마당
돌담에 속삭이는 햇발을 받고
모란을 피워내기까지는
무서리며 천둥번개가 무시로 울고
시린 눈물 많이도 흘렸을 테지요

[작품해설]

지금도 먼 언덕을 달려오는
아버지의 자전거

고 영 조
(시인/전경남문화예술진흥원장)

김정희 시인과 필자의 인연이 30년이 넘었다. 그러나 이번 시집 원고를 읽으면서 '나는 그를 너무 몰랐구나!' 하고 깨닫는다. 평소 그늘이라고는 없어 보였던 그가 시에 쏟아놓은 일렁거리는 그림자를 보면서 문학은 결국 자신을 드러내지 않으면 안 되는 것임을 절감한다.

결국 우리는 시를 쓰기 전에 무엇을 체험했든가 그 체험을 통해 무엇을 느끼고 깨달았든가 하는 시의 근본적인 질문 앞에 서성이게 된다.

시는 체험이다. 릴케의 말이다. 많은 시인들이 시의 명제로 이 체험을 말한다. 우리도 그렇다. 체험 없는 글쓰기는 상상할 수 없다. 시는 체험한 생의 묘사이고 표현일 수밖에 없다.

우리의 삶이란 자기를 에워싼 모든 것들 속에서 존재하고 그 하나하나의 존재를 통하여 자아를 찾고 시라는 표현을 통하여 추억을 추체험한다.

김정희의 시 세계도 그렇다. 그가 쓰고 있는 소재, 고향, 아버지, 어머니, 자전거, 술통 등 그의 기억을 채우고 있는 모든 것들이 그를 둘러싸고 있는 존재의 표현들이다. 이렇게 연관된 사물들이 서로 작용하고 내면화 되면서 시로 태어나고 있다. 시인의 체험과 사물들의 맥락 속에서 시적 이미저리가 생겨나고 대상은 존재를 드러낸다.

그의 시의 중심이미지는 고향의 체험이고 그 가운데 아버지가 있다. 그는 끝없이 아버지를 부르며 아버지의 생과 그의 가슴을 움켜쥐고 있는 그리움의 실체가 무엇인가를 시에서 묻고 있다.

늙은 자전거가 비틀비틀 굴러간다
낡은 자전거는 쓰러지지 않으려고
육십 년도 넘게 위태로이 굴러간다
세상이 깊은 잠에 빠져들고

남들이 쉴 때도 멈춤 없이 굴러간다

아니 굴러가야만 한다

술도가 배달부 자전거 안장 뒤에

주렁주렁 매달린 술통처럼

자신의 주름진 얼굴만 바라보는 처자들의

까만 눈동자를 보기 두려워 고개 숙인 채

삐걱대는 페달을 힘껏 밟으며

맞바람 부는 언덕길을 힘겹게 오르는

지친 아버지의 둥글고 야윈 볼

하얀 바퀴 그림자를 품어 안는다

-詩「아버지의 자전거」 전문

이 시는 묘사적이고 감각적이다. 시인의 감정이 절제되어 있고 그만큼 이미저리도 깊다. 주렁주렁 술통을 매달고 둑방길을 달려가는 아버지의 이미지가 선명하다. 그 묘사만으로도 이 시는 할말을 다했다. 이것은 평생을 잊지 못하는 가슴 시린 아버지의 모습이다. 비틀비틀 쓰러지지 않으려고 60년을 굴러가는 아버지, 주렁주렁 매달린 술통 같은 식솔들, 지친 아버지를 품고 있는 시인의 모습에서 아버지에 대한 연민과 사랑을 깊이 느낀다.

그렇다. 아버지는 그의 영원한 그리움과 아픔의 등가이며 실체다. 이 시는 또한 시인의 유년 시절의 기억을 총체적으로 다 담고 있다. 우리는 자전거를 타고 유영하는 손가락 아린 그의 유년을 본다.

인용하는 「아버지의 의자」도 「아버지의 자전거」와 전개가 비슷하고 이미지도 닮아있다. 자전거는 들판을 달리고 의자는 거실 구석자리에서 일상에 지친 그를 기다리고 있다. 전편은 동적이고 후편은 정적이다. 달리는 아버지는 안타깝고 기다리는 의자의 형상은 애잔스럽다.

> 거실 한편 구석진 자리에서
> 퇴직 후 아버지의 전용 좌석이었고
> 늘 그 자리에서 아버지를 기다리던
> 낡은 의자를 본다
>
> 창밖을 오고 가는 계절을 안고
> 지난 세월을 돌아보며 상념에 든
> 얼굴에 어리는 먼 고향의 그림자
> 두고 온 부모 형제 그리며 회한에 잠겨
> 주름진 골을 타고 흐르던 눈물
>
> 마치 언제라도 돌아와 그 자리에서
> 반겨 맞으며 일어설 것 같아
> 여태 치우지 못한 의자를 볼 때마다
> 점점 희미해지는 지난날을 붙들어 매고

아버지의 모습을 되새겨 봅니다
                    -詩 「아버지의 의자」 전문

　아버지가 떠나시고 거실 구석자리에 그 모습 그대로 놓
여있는 의자-「에밀리 브론테」의 생가에서 보았던 의자를
떠올린다. 짧은 생애 동안 그가 앉아 글을 썼던 의자-무
엇이 다르겠는가. 차마 버릴 수 없는 아버지의 의자를 통
하여 언제나 아버지와 함께 있다는 위로와 사랑을 느낀
다. 자전거와 의자는 아버지의 등가성 은유다. 그 은유를
통해 아버지를 다시 보고 느낀다.

　그러나 기다리는 낡은 의자는 기실 시인 자신이다. 거
실 구석진 자리에서 웅크리고 아버지를 기다리던 소녀,
그가 바로 암시된 대상인 시인 자신이다. 의자는 시적 사
물이기도 하지만 이 시를 끌고 가는 중심 이미지이며 구
석자리의 낡은 의자-로서의 표현이다.

　시는 추상이어서는 안 된다. 의자와 자전거는 구체적
형상이며 아버지와 사물과 시인을 잇는 상관물이다. 또한
의자-자전거-아버지는 겹치고 엉킨 체험의 편재적 이미
지다.

　한 번도 열어본 적 없는 아버지의 서랍/ 보화나 비자금

이 있으리라 추측한 사람들

　설렘 끝에 열린 서랍에는/ 누렇게 바랜 낡은 공책 다섯
권/ 노트 첫 장을 펼쳤습니다

　　'오늘도 외로운 하루였다'
　　'외롭지 않은 사람이 어디 있으랴'
　　서랍은 늘 고독한 아버지의 마음을
　　켜켜이 쌓아두는 공간이었던 것
　　박목월을 아버지로 둔 교수 아들의 특강

　　돌아오는 차에서 홀로 읊조린다

　　'사랑하는 것은
　　사랑을 받느니보다 행복하나니라'
　　　　　　－詩「서랍 속의 노트」부분

　'오늘도 외로운 하루였다'
　'외롭지 않은 사람이 어디 있으랴'

　박목월 시인의 목소리를 직접 듣는 것 같다. 시인은 목
월 선생님의 아드님 박동규 교수의 강의를 듣고 아버지와
박목월 시인을 동일화한다. 아버지와 목월, 나와 박동규
교수가 동일화 되어 이 시에 참여한다. 시인은 목월 선생

의 딸이 되어 서랍을 열고 누렇게 바랜 공책 다섯 권을 꺼내어 읽는다.

…외롭지 않는 사람이 어디 있으랴…위로 받는다. 순간적으로 얻은 통찰 체험이다. 시에서는 수사적 장치가 큰 의미가 없다. 직관적 파악과 표현이 중요하다. 소재와 주제를 암시하는 이미지로써 묘사적 표현이 좋다는 것도 그런 연유에서다.

　　나그네처럼 살다가/ 나그네처럼 떠나간 시인
　　사랑을 위해 모든 것을 내던지고/ 무모하게 내질렀던 일탈
　　빈한한 도피에도 무한히 글을 썼기에
　　아픈 헤어짐은 '이별의 노래'를 낳고
　　부두의 이별은 '떠나가는 배'를 낳았다는
　　가슴 아려 못 이룬 러브스토리
　　시인이 떠난 후 어머니의/ 장롱 속에 감싸두었던 옷 보따리엔
　　평생 글쓰기로 팔꿈치가 헤진
　　내복 여러 벌이 들어있었다는
　　아들 교수님의 자랑하는 집안 내력

　　글 쓰는 집안의/ 팔꿈치가 헤진 내복
　　자랑이 참으로 곱기도 하다
　　　　　　-詩「팔꿈치가 헤진 내복」전문

문학은 인간다움의 표현이다. 불쑥 그 생각을 한다. 팔꿈치가 헤진 내복이라니! 이 시를 읽으면서 생각한다. 인간다움이 무엇인지 고민하지 않으면 시나 문학이 무슨 소용이 있으랴--그렇다. 과장된 글 수사와 허위로 가득 찬 시가 문학으로서 존재할 이유가 없다.

이 시도 결국 아버지의 낡은 자전거와 헤진 내복을 동일화시킨 것이다. 김정희 시인은 팔꿈치가 헤진 내복을 입고도 아름다운 시를 쓰는 시인이 되고 싶다. 헤진 내복을 입고 구석자리 의자에 앉아있는 사람은 목월도 아니고 아버지를 추억하는 내가 있을 뿐이다.

이 두 편의 작품에서는 나와 대상 사이에 아무런 간격이 없다. 시적 자아와 대상이 동화되어 너와 내가 없는 미적 관계로 조화되어 있다. 시는 상상력의 산물이다. 대상과 자아를 동일화시키는 것은 상상력의 작용에서 기인한다. 상상력은 대상과 사물, 소재의 유사성을 찾아서 결합하고 분리하여 세계를 자아화한다. 필자는 한걸음 물러서서 목월과 아버지를 동일화시키는 시인의 무의식적 바램을 유추해 본다.

그는 도처에 아버지를 두고 있다. 시「면장님의 눈물」에서도 아버지를 보고 목월에서도 보고「섬마을 선생님」

의 「이미자」, 「있을 때 잘해」의 가수 「오승근」으로 아버지
의 잔영이 이어지고 있다.

시 「외할머니」는 시적 묘사가 리얼하다. 홍수에 떠내려
가는 송아지, 울부짖던 외삼촌, 쇠똥구리, 반딧불 이 모든
것이 그리운 고향의 장터, 빨간 나비 머리핀, 그 속에 외
할머니가 계신다.

…외할머니/ 오늘처럼 비 많이 오는 날은/ 장터에 나가
지 마이소…

그의 시속에 피어나는 기억이 아련하다. 외할머니에 대
한 기억, 그 기억의 심상으로 시가 되고 추상적인 추억과
체험이 감각적인 정서로 이미지화되어 시가 되는 것이다.
유년 시절 그를 둘러싼 사물들이 부딪치며 흘러가는 추억
의 강가에 선 한 소녀를 본다.

며칠 동안 쏟아부은 양동이 홍수에/ 떠내려가며 울부짖는
어린 송아지를
둑방 위에서 안절부절 발만 동동 구르며/ 목메어 소리치
던 눈물범벅의 큰외삼촌
흔하디흔하던 쇠똥구리며 반딧불처럼/ 점점 사라져가는
장터의 풍경들

흰머리 곱게 빗기라도 하는 날에는/ 따라나설 설렘에 가
슴 졸이던 유년

짐바리들과 어울려 가시던 외할머니의/ 돋보기에 투영되
어 비친

손녀 머리에 앉은 빨간 나비 머리핀

오늘처럼 굵은 비라도 오는 날이면/ 풀어 헤친 빗줄기 가
락 헤치며

손녀가 가만히 귓전에 속삭이던 말

"외할머니,

오늘처럼 비 많이 오는 날은

장터에 나가지 마이소"

              -詩 「외할머니」 전문

「조기창업」, 「불로소득」, 두 편의 시를 함께 놓고 본다.
우선 이 시는 재미있다. 미소 짓게 한다. 시가 꼭 의미로
워야 하는 것은 아니다. 공을 가지고 놀듯이 추억을 불러
와서 유희할 수도 있는 것이다. 굳이 시적인 장치나 방법
을 말하지 않아도 된다. 끝까지 읽고 그땐 그랬지! 호응하
며 미소 지을 수 있다면 그것으로 된 것이다.

시에서 너무 힘을 주면 망가진다. 공연히 눈을 부릅뜨

고 주먹을 불끈 쥘 까닭이 없다. 속삭이듯 중얼거리듯 혼
자 말하듯 하면 된다. 허밍도 있고 레퍼도 있다. 그렇게
시 「조기창업」과 「불로소득」을 읽어보길 권한다. 김정희
시인이 쭉 그 길로 나섰다면 대형 서점의 경영자가 됐을
지도 모르는 일이다.

중학교 초입 무렵
알뜰하게 용돈 모아 찾은 큰길가 만화방
빌려온 책들을 방안에 펼쳐놓고
방문 앞에 종이로 간판을 붙인다

'정희 만화방'

반값 소문에 용돈 들고 찾아온
나름 쏠쏠한 동생네 친구들
떼거리로 몰려와 부산떨다 외상이라며
내빼던 얄미운 오빠 친구들
코흘리개 고객의 집을 확인하고
심부름 값 부수입을 챙기던 남동생

아뿔싸,
누군가 빌려 간 만화책을
큰길가 만화방에 반납하는 바람에

들통난 비밀의 만화방
주인 여자의 난리법석에 눈물의 폐업

양철 필통에 든 수익금을 압수하고
담배 사서 피워야겠다며
빙그레 웃음 짓던 아버지의 표정에서
전해오는 머쓱함과 작은 위로감

아, 삼일천하로 끝난 유년의 창업
아직도 미수금으로 남은 오빠들의 외상값
　　　　　-詩「조기창업」전문

　마지막으로 「산딸기」를 읽는다. 산딸기를 의인화해서 연모의 감정을 산딸기에 투사했다. 붉은, 알알이 영근 연모의 씨앗, 설렘과 두려움이 교차하는 사랑의 감정, 이 시는 짧지만 성취도가 높은 시다. 시집에 실린 시를 다 말할 수는 없지만 인용된 시를 통해 김정희 시의 아름다움을 함께 누리길 권한다.

벌써 알아차렸어야 했던 게야
새들이 찬미한 노랫소리는

탐스레 익어가는 과육인 것
알알이 연모의 씨앗을 품는다는 것은
누구에게도 차마 말할 수 없는
설렘보다 큰 두려움이란 것을

이파리 치마 수줍게 살랑일 때
햇살 스친 가지 사이로 숨어
뙤약볕보다 뜨겁게 익은 열매는
숨길 수 없는 애증의 흔적
달콤한 유혹에 충혈된 눈으로
어둠을 지키는 밤의 속삭임에
푸른 계절은 점점 야위어만 가고
산비둘기 한 쌍이 일찍부터
점찍어두고 기다리고 있습니다
                    -詩「 산딸기」 전문